C0-BXT-084

Canciones para llamar al sueño

Texto de Antonio Granados
Ilustraciones de Gerardo Suzán

ALFAGUARA
Infantil

CANCIONES PARA LLAMAR AL SUEÑO
D.R. © Del texto: Antonio Granados, 1999.
D.R. © De las ilustraciones: Gerardo Suzán, 1999.

ALFAGUARA

D.R. © De esta edición:
Aguilar, Altea, Taurus, Alfaguara, S.A. de C.V., 2000.
Av. Universidad 767, Col. Del Valle
México, 03100, D.F. Teléfono 5688 8966
www.alfaguara.com.mx

Alfaguara es un sello editorial del **Grupo Santillana**
Éstas son sus sedes:

ARGENTINA, BOLIVIA, CHILE, COLOMBIA, COSTA RICA,
ECUADOR, EL SALVADOR, ESPAÑA, ESTADOS UNIDOS,
GUATEMALA, MÉXICO, PANAMÁ, PERÚ, PUERTO RICO,
REPÚBLICA DOMINICANA, URUGUAY Y VENEZUELA.

Primera edición en Alfaguara: enero de 2000

ISBN: 968-19-0637-3

D.R. © Cubierta: Gerardo Suzán, 1999.

Impreso en México

Índice

A Doña María,
la mamá grande de Antonio,
porque lo cobijaba
con
sus versos.

A Mar...
la mujer capaz de convertirse en
agua si su hijo está sediento.

A Rodolfo, Misael y Aramara,
a quienes este libro les debe su
patio y su recreo.

A Teo, Moni, Güero, Cari, Gabriel,
a quienes Gerardo les dedica una sonrisa.

Y a los papás
que ayudan a sus hijos a
encontrar el sueño.

¿De qué color es el sueño?

—¿De qué color es el sueño?
—Si no es blanco no es azul
si no es azul es oscuro
con su rendija de luz,
desde donde, si te asomas,
podrás ver un avestruz
que está recargada a un poste
con las patas hechas cruz,
posando para la foto
de quien la quiera soñar
y en el cajón del recuerdo
guardarla como postal.
—¿De qué color es el sueño?
—Tal vez color aguamar
o color de aquel que quiere
cuando se atreve a soñar.

Vi un pájaro con zapatos,
aunque te suene a invención;
tenía su casa de paja
en medio de una canción.

El viejo del costal

A las altas de la noche
llega el viejo del costal,
viene pidiendo le compren
sueños de dulce y de sal.

Voy a comprarle una noche
para que duermas a gusto,
un violín para cantarte
y un ungüento para el susto.

Que nada rompa tu risa,
ni nada la descalabre,
que no te enferme el sereno
y el destino no te ladre;
que la suerte te acurruque
entre sus brazos de madre.

¿A quién le canto si tengo
guitarra mocha?
Voy a cantarle a este niño
que se trasnocha.

Guitarra

Por la cuerda floja
de tu corazón
amanece un canto
de cualquier color:
vuelan las palabras
(abres tu prisión)
viajan por el cielo
de alguna canción.

En la hamaca de mis brazos
esta creatura lunar
va a jugar a que descansa
entre un instante de mar.

Canción
para cargar al sueño

Ay, ay,
cómo pesa el sueño
ya no lo puedo cargar,
me caigo
ya no lo aguanto

ayúdame un poquito,
              mamá.

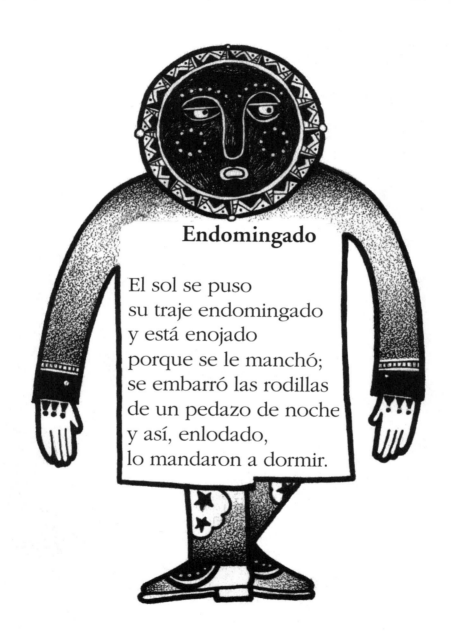

Endomingado

El sol se puso
su traje endomingado
y está enojado
porque se le manchó;
se embarró las rodillas
de un pedazo de noche
y así, enlodado,
lo mandaron a dormir.

Él no quería acostarse temprano,
él no quería vestirse así
pues sabía de antemano
que con ropa delicada
uno no se puede divertir.

El sol se puso
su cara encarambada
y así, enfadado,
se acostó;
pensó una red
de atrapar mariposas
y tras el sueño correteó.

Que se lleva al sueño el gato
después de que lo arañó;
lo dejó hecho garabato
y este cuento se acabó.

"El león
no es como lo pintan"

El león
no es como lo pintan,
no,
no,
no.
Es tan sólo un gato de tinta;
más aún
si es como este que miras,
sí,
sí,
sí,
dibujado con puras mentiras
en la página de aire que invento,
sí,
sí,
sí,
para dormirte con un cuento.

Cuando te arrullo parece
que duermo a un gramo de sol
con un fragmento de luna
latiendo en el corazón.

Monedita falsa

Luna de a mentiras,
moneda de plata,
volado redondo,
brinco de la suerte:
Cuélgate del cuello
del azul celeste,
que el niño bosteza
pero no se duerme;
pero no se duerme
porque quiere verte.

La vida tiene una herida
con ratón, gato y un duende
que a veces te hace cosquillas
y que tu cama destiende

Nana tarde

Nana, nana Tarde
de falda amarilla,
risa de lucero,
flor de chinampina;
trae tu globo blanco,
tu bola de luna,
y ponlo de almohada
dentro de la cuna.

A la nana Tarde,
madre de la luz;
su tía la tortuga,
su tío el avestruz.

A la nana Tarde,
comadre del frío,
canta, que se duerma
este hijito mío.

Canción
para guardar al sol

Ten un vaso de sol,
jugo de luz
que puedes beber un poco
y si acaso tuvieras mucha sed
puedes jugar
a que es agua de coco.
Ten un plato de sol,
si tienes sombra
puedes comer un poco;
si no tienes ganas de comer
puedes jugar
a esconderlo
en tus ojos.

Como que se prende,
como que se va;
si el sueño lo apaga
el día lo encenderá.

Como que se apaga,
como que se va;
guárdalo en tus ojos,
a la rurru ya.

Coyote
claro de niebla
por qué cantas
si hoy no es hoy
y mañana
es medianoche
en tu desvelada voz.

Destiende la nube
(a Gabriela Huesca)

Destiende la nube,
ya vete a acostar
—Sábana de espuma,
cobija de mar.

Destiende la noche,
llénala de migas;
desmorona el sueño,
hazle de cosquillas.

La vaca
debe ser cielo
con nubes negras y blancas
y su cola
Espantasueño
caminando en cuatro patas.

Cuerdita floja

Me subo a la cuerda floja
y al treparme veo un planeta
donde tres lunas azules
alumbran una glorieta
y un duende pasea en triciclo
con las ruedas de galleta.

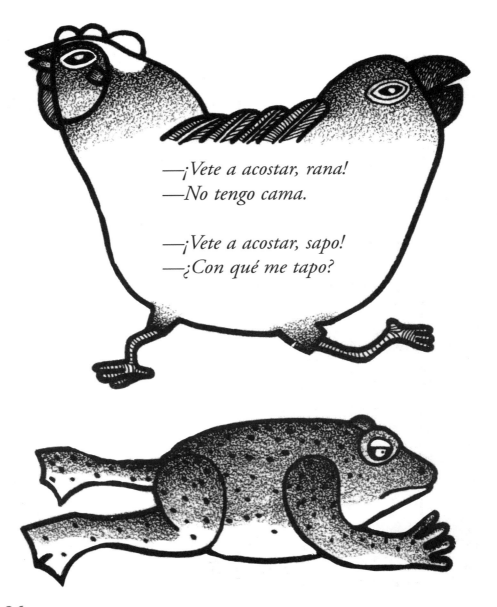

—¡Vete a acostar, rana!
—No tengo cama.

—¡Vete a acostar, sapo!
—¿Con qué me tapo?

Éste era un galloloró

Por aquiquiquiriquí
pasó un gallitoloró
con muchas plumalarás
para escribiquiriquir
un recadoloroló
para este niñoloró,
que dice asiquiriquí,
que dice asiquiricó:
era un gallitolorín
desafinadoloró
que le cantabalará
el quiquiriquiriquín
a un niñiniñoloró
que bostezabalará,
que clavó el picoloró
y se durmió.

La araña

La araña,
novia del sueño
—me dijo mi caballo
entre respingos—,
teje hamacas para venderlas
en el mercado de los domingos.

Voy a casar a la araña
con el gusano de seda
para que tejan la colcha
que mi niño hace madeja.

A la rurru rurru,
mi niño se queja
porque su cuneta
ya está más que vieja.

A la rorro rorro,
mi niño lloró
porque su cuneta
ya se le rompió.

¿Y dónde duerme la luna
cuando se pone su bata?
¿Y el domingo por qué el sol
se pone traje y corbata?

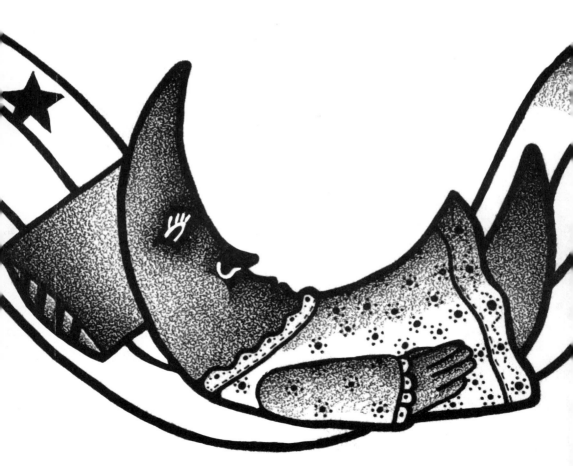

Hamaca

A la ruque reque,
desanda tus pasos,
súbete a la nube
que te hacen mis brazos.

El run

Por ahí anda el run,
el run run rumbero
de que nuestro niño
anda de fiestero.

Fíjese que sí,
fíjese que no,
fíjese que usted
es un embustero.

Fíjese que sí,
fíjese que no,
porque el chiquitío
ya se le durmió.

Por ahí anda el run,
el run run del son
de que nuestro niño
es un dormilón.

Era de todos el más pequeño,
el más chiquillo de los chiquillos
que, a cualquier hora que tenía sueño,
dormía en la caja de los cerillos.

Traversura

Tu sombra se va de pinta
mientras tú duermes:
lleva sombrilla guinda
y zapatos verdes.

Canción
para beber la noche

—La noche cayó en la taza,
¿quién se la quiere tomar?
—Yo quiero beber un poco,
¿a qué sabrá?
—A lo mejor sabe a nada,
a tragos de aire, nomás.
—A lo mejor sabe amarga,
a lo mejor sabe a sal.

La noche cayó en la taza
si quieres venla a probar;
si es que te sabe salada
la podemos endulzar.
A ver, descuelga la luna
de menta, tal vez, quizás;
la echas dentro de la taza,
la revuelves y sabrás.

La noche cayó en la taza
aunque diga mi mamá
que es el café de las ocho
y que vamos a cenar.

*Hay un planeta de cuatro soles
con un ballet de tortugas,
un coro de caracoles
y una viejita que siembra
soles en lugar de coles.*

Serenata

Vete por la orquesta
músico de porra,
mariachi de borra
sin ton y sin son;
rasguña el silencio
de ese sol intenso,
corazón pautado
de tu guitarrón;
dale serenata
a esta niña ingrata
que no se ha dormido
porque ahí está el sol.

¡Qué puntada!

¡Qué puntada, qué puntada!:
La costurera del sueño
borda estrellas en la almohada;
pincha cielitos de tela
con una aguja invisible.
—¡Imposible!

Puede ser que no sea;
¡ay de aquel que no lo vea!

¡Qué puntada, qué puntada!:

La costurera del sueño
borda estrellas en la almohada;
no son estrellas de plata,
no son estrellas de lata,
no son estrellas de nada.

¡Qué puntada, qué puntada!:
El niño duerme a sus anchas
sobre una noche estrellada.

Un laberinto de sombras
con jardín de oscuridad
tengo para que los alumbres
con tu luminosidad

Gallo encantado

A la rurrurrú, reloj,
duérmete gallo encantado;
no picotees con tu voz
a este niño desvelado.

Plumas de vuelta que vuelta,
no hagas olas con tu canto
de alharaca y por favor
déjalo dormir un rato.

A la rurrurrú, reloj,
duérmete gallo redondo,
clava el pico de boruca
y sueña un sueño lirondo.

Corazón de a mentiras
(a Jaime Sabines)

Te presto mi corazón,
el de sandía;
la tarde es roja, roja,
pero está fría.

Si es que llueve jugo
quisiera mojarme,
que caiga en mis labios
para saborearme.

Te presto mi corazón,
el de a mentiras;
juega con él un rato
y después lo tiras.

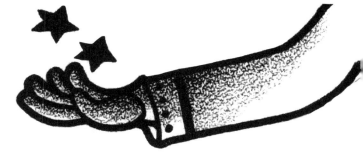

Si es que llueven sueños
voy a recogerlos
ya tengo una bolsa
en donde meterlos.

Te presto mi corazón,
el de palabras;
si es que pasa un poema,
lo descalabras.

Si llueven canciones
las voy a meter
en una guitarra
y las voy a vender.

Enciende la vela
de la oscuridad
para verle al sueño
su media mitad.

Canción
para pedir unos
cerillos

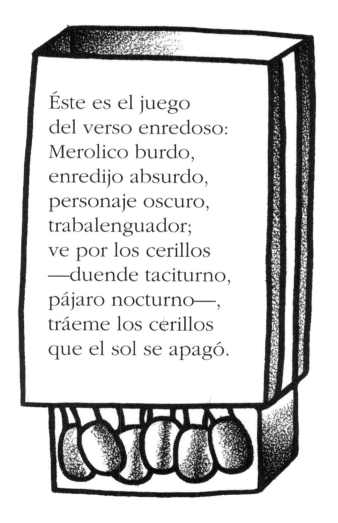

Éste es el juego
del verso enredoso:
Merolico burdo,
enredijo absurdo,
personaje oscuro,
trabalenguador;
ve por los cerillos
—duende taciturno,
pájaro nocturno—,
tráeme los cerillos
que el sol se apagó.

Trapecio de viento

¿En dónde estás, cuerda floja:
trapecio de medio viento?
¿Quién te teje por las noches
mientras inventa
canciones de cuna
y le dan las doce
y le da la una?

—Yo he visto sólo una sola
mujer que limpia la risa,
desenjaula las palabras
y les da tragos de brisa.

¿En dónde estás, cuerda floja:
trapecio de medio viento?
¿Quién te cruza por las noches
mientras te mueves
cual sombra lobuna
y le dan las doce
y le da la una?

Yo he visto sólo a este niño
que está estrenando sonrisa
y mira volar palabras,
como pájaros sin prisa.

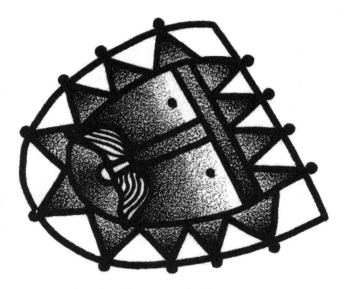

El sol peleó con la luna,
dividieron su corona,
por eso es que él en la noche
ni los bigotes asoma.

Cortesía

No es por nada
pero el sol
no es ningún caballero:
Ha pasado la luna
y él no se quitó el sombrero;
lero, lero.

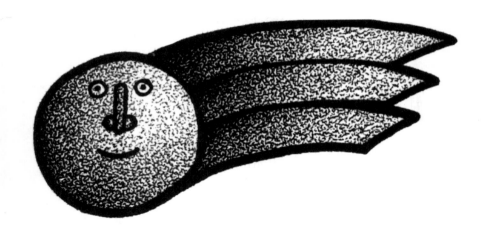

Cuento
de nunca empezar

Éste era un cuento
porque ya no es,
este niño niño
lo volteó al revés.

Si cerró los ojos
ya no puede ser
que el cuento sea el mismo
que el de la otra vez.

Zum zumo de lima,
lucero sin huerto:
Ahí tienen que éste era
un niño despierto.

Zum zumo de lima,
lucero chupado:
Ahí tienen que andaba
caridesvelado.

Zum zumo de lima,
lucero exprimido:
Ahí tienen que estaba
bosteciaburrido.

Colorín colorado,
ya los ojos ha cerrado;
colorín descolorido,
este niño se ha dormido.

Cupido traía un regalo
con moño color cerezo,
lo abrí y salió para ti
un trocito de bostezo.

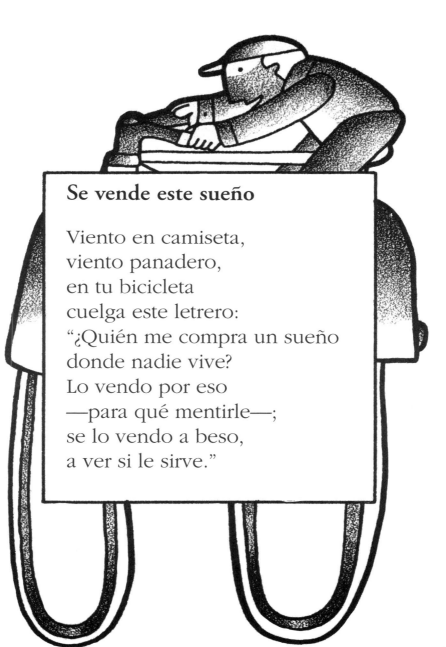

Se vende este sueño

Viento en camiseta,
viento panadero,
en tu bicicleta
cuelga este letrero:
"¿Quién me compra un sueño
donde nadie vive?
Lo vendo por eso
—para qué mentirle—;
se lo vendo a beso,
a ver si le sirve."

Ungüento
de troteymoche

Ungüento de troteymoche,
té de luz al alimón,
medio bostezo en rajitas,
cien gramos de una canción,
polvos de nube viajera
con unas gotas de sol,
media luna en duermevela,
un suspiro tornasol,
un segundo diminuto
con siete gotas de son,
un instante de guitarra
con lluvia en el corazón,
silencio medio pautado,
deshebrado en la ilusión
un suspiro retratado
en anuncio de ocasión...

¡Todo lo hemos intentado
y el niño no se durmió!

La luna abraza un latido
y lo convierte en almohada;
como tú no te has dormido
por eso no miras nada.

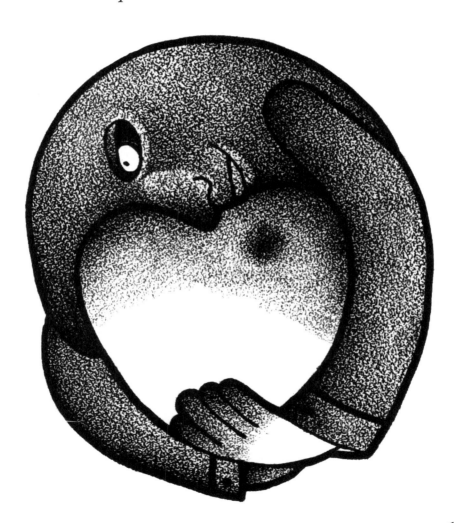

Tengo una guitarra
toda descompuesta;
duérmete mi niña,
se acabó la fiesta.

Copla

El violín fue y se durmió,
la guitarra se ha callado;
yo no veo por qué el cantor
tiene que andar levantado.

Si pasa la lagartija
y va manejando un coche
es que estás teniendo un sueño,
así que "muy buenas noches".

Pico de gallo

Vamos a jugar
a que yo me callo
y a que tú clavaste
tu pico de gallo.

Canciones para llamar al sueño
terminó de imprimirse en
:nero de 2000 en Litográfica Ingramex S.A. de
C.V. Centeno 162, Col. Granjas Esmeralda,
09810, México, D.F.
Cuidado de la edición:
Marta Llorens y Diego Mejía Eguiluz.